Chef Submissa e outras histórias

Erika Sanders
Series
Coleção Dominação Erótica

Sinopse

Este livro consiste nas seguintes histórias:
    Chef Submissa
    Traída
    Melhor um trio

Chef Submissa é um romance com forte conteúdo erótico BDSM e, por sua vez, um novo romance pertencente à coleção Erotic Domination, uma série de romances com alto conteúdo romântico e erótico BDSM .

(Todos os personagens têm 18 anos ou mais)

Nota da escritora:

Erika Sanders é uma conhecida escritora internacional, traduzida para mais de vinte línguas, que assina os seus escritos mais eróticos, longe da sua prosa habitual, com o seu nome de solteira.

Índice

CHEF SUBMISSA E OUTRAS HISTÓRIAS
ERIKA SANDERS

CHEF SUBMISSA

PRIMEIRA PARTE
CONSENTIMENTO MÚTUO

CAPÍTULO 1

A carta foi uma bênção.

Eu mal consegui conter as lágrimas.

Cristina tinha acabado de terminar os estudos de culinária e o seu novo negócio de catering teve um início difícil.

Ele ficou em seu pequeno apartamento e revisou cada palavra da carta manuscrita.

Querida Cristina,

Espero que esta carta chegue até você. Perdoe-me, mas não uso e-mail. E geralmente não gosto de telefonemas. Estou fora de moda.

Sou conhecido de sua mãe. Nos conhecemos brevemente na festa de um amigo em comum, há algumas semanas. Sua mãe mencionou casualmente seu negócio de catering várias vezes. Eu pensei sobre isso e parece interessante. Nunca contratei um fornecedor antes.

Se você estiver interessado em um novo cliente, entre em contato comigo e talvez possamos chegar a um acordo. Sou um péssimo cozinheiro. E ouvi dizer que você é muito bom.

Muitas felicidades e boa sorte com seu negócio,
Paulo

Finalmente, ela pensou. Boa sorte estava começando a aparecer em seu caminho.

CAPÍTULO 2

Uma semana depois.

Cristina estava dirigindo pelo bairro rico em seu carro velho e surrado.

Ele claramente atraiu atenção, mas não se importou.

Fiquei feliz por estar neste bairro para um emprego em potencial.

Estacionou na entrada do endereço que lhe haviam indicado.

Eu não tinha ideia de como era Paul.

A única interação real deles foi um breve telefonema para marcar a reunião.

Cristina bateu na porta.

Uma mulher negra idosa respondeu.

A mulher estava vestindo uma roupa de empregada.

A mulher permaneceu estranhamente quieta enquanto eles se entreolhavam.

"Olá", Cristina disse sem jeito. "Estou aqui para ver Paul."

A velha negra assentiu.

"Venha aqui."

Cristina entrou e a empregada fechou a porta.

A empregada a conduziu escada acima de uma casa bastante grande.

Cristina olhou em volta com os olhos cheios de inveja.

Tudo era velho, escuro e rústico.

Havia antiguidades por toda parte.

Pinturas clássicas foram exibidas nas paredes.

Eles chegaram a um corredor e a empregada abriu uma porta depois de bater primeiro.

Cristina entrou, depois a empregada saiu.

Era uma sala de escritório.

Paul estava sentado atrás de sua mesa trabalhando.

Ele era um homem bonito de cerca de 40 anos.

Ele tinha uma expressão de pedra no rosto que era impossível de ler.

Seu rosto era perfeito para pôquer.

Seu rosto permaneceu inexpressivo.

"Por favor, sente-se", disse ele.

Cristina ficou intimidada com a presença dele e com a sua própria falta de experiência empresarial.

Eu nunca tinha fechado um negócio antes.

Ela sentou-se em frente à sua mesa.

"Você deve ser novo neste ramo de trabalho", disse ela.

"Porque disse isso?"

"Pude sentir seu nervosismo quando você entrou. Você deveria tentar relaxar. Não se preocupe, estou aqui para ajudá-lo no que você precisar."

Ela deu um sorriso estranho.

"Levar isso em conta."

"Tudo bem. Agora me conte sobre seu negócio de catering."

"Bem, ainda é muito novo", disse ele depois de pensar um pouco. "Posso preparar refeições de acordo com suas preferências específicas. Se precisar de catering para uma festa, posso contratar mais pessoas. Tenho muitos amigos da escola de culinária."

"Isso não será necessário. Prefiro que você trabalhe sozinho. Dessa forma, há menos problemas."

Cristina assentiu com a cabeça.

"Presumo que você mora sozinho e quer que eu prepare refeições para você?"

"Muito esperto."

"Você tinha um acordo específico em mente?"

"Isso depende", respondeu Paul. "Está ocupada?"

Ela deu-lhe um sorriso envergonhado.

"Pelo contrário. Você é meu primeiro cliente de verdade. Fiz pequenas coisas aqui e ali. Principalmente para as amigas da minha mãe que estavam me fazendo um favor."

"Quer aconselhamento empresarial gratuito? Nunca revele uma fraqueza. Não parece bom."

"Ah, claro. Vou lembrar."

"Quanto a um acordo", respondeu Paul. "Você poderia preparar refeições para mim? Almoço e jantar."

"Claro. Isso não será um problema."

"Excelente. Gostaria que as refeições fossem entregues em minha casa às 11h30 em ponto. De segunda a sexta."

"Claro", ela concordou.

"Esse acordo durará, no mínimo, pelos próximos meses. Qualquer um de nós tem a opção de cancelar o acordo a qualquer momento. Entendido?"

"Sim, entendo."

"Excelente."

"Você tem alguma preferência alimentar?" Cristina perguntou. "Minhas especialidades incluem francês, italiano e diferentes estilos asiáticos..."

Ele balançou sua cabeça.

"Isso não importa. Basta trazê-la na hora certa."

"Bem."

"Agora vamos discutir os números. O que você acha de US$ 100 por dia? É justo?"

Os olhos de Cristina se arregalaram.

O trabalho e o valor oferecido foram muito mais do que eu esperava.

Ela percebeu que devia parecer boba com uma expressão de cachorrinho no rosto, então recuperou a compostura.

"Isso parece razoável", ele respondeu calmamente. "Sim está bem."

"Então está resolvido. Você pode começar amanhã?"

"Sem problemas. Mas você tem certeza de que não quer experimentar minha comida primeiro?"

"Francamente, não me importo com o sabor da comida. Você estudou culinária. Isso é bom o suficiente para mim. Não quero me preocupar com comida enquanto estou trabalhando."

Cristina assentiu com a cabeça.

"Tudo bem. Eu entendo. Posso perguntar o que você faz? Sua casa é linda. Adoro o toque rústico."

"Já fiz várias coisas na vida. Atualmente sou negociante de arte. Também negocio antiguidades raras. No momento, estou me concentrando na escrita."

"Que escreve?" ela perguntou.

"Um livro de memórias. Não pretendo ser alguém famoso ou importante. Mas tenho algumas histórias para compartilhar. Seria uma pena se ninguém as ouvisse. Também estou trabalhando em alguns livros de ficção."

"Oh, isso parece interessante. Talvez eu possa lê-los algum dia. Adoro ler biografias e memórias."

Paul deu um leve sorriso.

"Eu não acho que você estaria interessado."

"Porque não?"

"É um palpite. Mas quem sabe? Às vezes estou errado sobre essas coisas."

"Tudo bem", Cristina assentiu sem jeito.

Paul se levantou e caminhou em direção a Cristina.

Ela entendeu e se levantou também.

Paul era quase trinta centímetros mais alto que ela.

Seu físico se elevava sobre o corpo magro e pequeno de Cristina.

Ele estendeu a mão e eles apertaram as mãos.

"Oficialmente temos um acordo", disse ele. "Espero a primeira refeição amanhã às 11h30 da manhã. Não se atrase. Não tolero desobediência."

Ela engoliu em seco.

"Sim senhor."

CAPÍTULO 3

Cristina ainda ficou impressionada com o encontro com Paul.

Ele se deitou na cama e olhou para o teto.

A oferta parecia boa demais para ser verdade.

Foi quase inacreditável.

Mas tive medo de que tivesse sido uma piada cruel, pensei.

Ele pegou o telefone e ligou para sua mãe.

Sua mãe sempre atendia suas ligações em apenas alguns toques.

Quando ele atendeu o telefone, Cristina não perdeu tempo e explicou tudo para ele.

Nenhum detalhe foi poupado.

Cristina contou à mãe tudo sobre a oferta e todos os sentimentos que sentiu ao conhecer Paul.

"Isso é maravilhoso", respondeu a mãe.

"Eu sei. É meio maluco, né? Mas não vou acreditar em nada disso até que seu dinheiro esteja em minhas mãos. Até lá, imagino o pior."

"Concentre-se em pensamentos positivos, Cristina. Seu negócio finalmente está decolando."

"Espero que sim. Quero dizer, US$ 100 por dia para duas refeições? Mesmo que ele me demita na próxima semana, ainda ficarei feliz por ter ganhado tanto dinheiro."

"Eu não me preocuparia com isso."

"Que queres dizer?" Cristina perguntou.

"Aparentemente, Paul tem boas reservas financeiras."

"Eu percebi. A casa dele parecia um museu."

"Aí está. Você não precisa se preocupar com o esgotamento das finanças dele. Apenas mantenhá-o feliz com ótimas refeições, ótimo serviço e não se atrase."

"O que você sabe sobre esse cara?" Cristina perguntou em um tom mais sério. "Parece um pouco estranho, não é?"

Sua mãe pensou por um momento.

"De alguma forma. Eu só o conheci uma vez em uma festa. Ele é um cara muito inteligente. Sem bobagens. Simples."

"Definitivamente é ele", brincou Cristina.

"Mas não o subestime. Ele aparentemente é um amor com as mulheres."

"De verdade?"

"Isso é o que eu ouvi. Fique longe de seu charme irresistível", ele brincou.

"Muito engraçado", respondeu Cristina. "Definitivamente não é meu tipo. Muito velho. E muito chato."

"Estou feliz que seu negócio tenha começado bem."

"Já veremos."

"Concentre-se em pensamentos positivos, Cristina."

CAPÍTULO 4

Semanas se passaram.

Cristina já havia preparado dezenas de refeições para Paul.

E ela ganhou milhares de dólares durante esse tempo.

A rotina diária era sempre a mesma.

Levantar cedo de manhã.

Cozinhar.

Coloque tudo cuidadosamente em recipientes.

Leve-o para a casa de Paul antes das 11h30 da manhã.

Nunca se atrase.

E nunca desobedeça.

Um dia, Cristina foi convidada a preparar o almoço, que ela trouxera, num prato da cozinha.

Então ela fez isso.

Foi a primeira vez que realizei tarefas na cozinha de Paul.

Ela estava orgulhosa de sua comida.

Ele sabia que tinha um gosto bom, embora Paul nunca o tivesse elogiado por isso.

Ele desceu as escadas com roupas casuais.

Como sempre, seu rosto estava quase inexpressivo.

Ele olhou para a comida apresentada na mesa de jantar e não se preocupou em comentar.

"Devo ir agora?" Cristina perguntou sem jeito.

"Fique um momento. Há algo que quero lhe perguntar."

"Bem."

Paul sentou-se à mesa da sala de jantar enquanto Cristina permaneceu de pé.

"Quais outros serviços você oferece?" perguntado. "Além de cozinhar."

Cristina ficou surpresa e se manteve firme.

Ele se preparou para mais avanços.

Eu estava preparado para o assédio sexual.

"Presto um serviço de catering honesto. Faço refeições gourmet. Só isso. Se procura outros serviços, sugiro que procure outro lugar."

"E por que isto?" ele perguntou severamente.

"Honestamente, você não faz meu tipo."

"Você também não é meu tipo."

Ela se sentiu ainda mais ofendida.

"Olha, acho que nosso acordo está funcionando bem. Vamos continuar assim. Qualquer outra coisa não vai funcionar."

"Você acha que estou solicitando favores sexuais?" perguntado.

Cristina congelou.

"Não é assim?"

"Não acredito."

Seu rosto ficou vermelho como uma beterraba.

"Ah, sinto muito, senhor."

"Esqueça", ele respondeu. "Estou perguntando porque minha empregada vai se aposentar em breve. Se você tiver tempo extra, talvez possa me ajudar com minhas tarefas de limpeza."

"O que devo fazer?"

"Nada difícil. Limpe a louça. Mantenha tudo limpo."

"Vou ter que pensar sobre isso."

"Você será bem recompensado, é claro", respondeu ele. "E não se preocupe, não vou te pedir sexo. Você não faz meu tipo."

Ela corou novamente.

"Sinto muito por mais cedo. Mas vou considerar isso. Por que não?"

"Por favor, considere a oferta. Meu trabalho está indo bem e eu gostaria de receber ajuda com a manutenção da casa."

"Você não sai muito, não é?"

"Já viajei pelo mundo e vi de tudo", respondeu ele. "Nesta parte da minha vida eu me concentro em escrever. Às vezes eu saio. Ainda adoro fazer exercícios. Mas não quero me preocupar com a manutenção da casa. Você parece uma jovem capaz, então estou lhe oferecendo trabalho extra."

Cristina assentiu com a cabeça.

"Isso é muito generoso da sua parte."

"Com o dinheiro extra, você poderia comprar um guarda-roupa novo e um carro novo."

Ela ficou um pouco chateada com aquele comentário.

"Eu entendo. Preciso de dinheiro. Você não precisa esfregar isso na minha cara."

"Eu não estava tentando fazer isso."

"Tudo bem. Eu farei isso. Farei algumas tarefas extras de limpeza para você."

"Excelente", ele respondeu com um raro sorriso. "Discutiremos o terreno mais tarde."

Ela caminhou até Paul e estendeu a mão para um aperto de mão.

Paul levantou-se como um cavalheiro e apertou a mão dela.

O acordo foi selado.

SEGUNDA PARTE
A PORTA FECHADA

CAPÍTULO 5

Cristina conseguiu encontrar alguns outros clientes para alguns pequenos trabalhos.

Mas a maior parte do seu trabalho foi feita para Paulo.

Ela preparava suas refeições todos os dias da semana.

Com o tempo, ela começou a trabalhar mais para ele.

Ela fazia pequenos trabalhos de limpeza por algum dinheiro extra.

Cristina sempre foi uma pessoa desorganizada no que diz respeito às tarefas domésticas, por isso achava irônico que estivesse fazendo tarefas domésticas para outra pessoa.

Mas o dinheiro era bom, então ele não se importou.

Os pratos tinham que ser limpos e arrumados de uma determinada maneira.

As janelas tinham que estar impecáveis.

Os móveis deveriam estar livres de poeira.

Paul limpou o chão sozinho.

Paulo era uma pessoa muito particular.

E essas características às vezes deixavam Cristina louca.

Mas o dinheiro era bom.

De certa forma, Cristina ficou orgulhosa de ajudar Paul.

De uma forma estranha, senti que estava ajudando Paul a atingir seu objetivo de poder escrever seus livros.

Ela se importava com ele como pessoa.

CAPÍTULO 6

A mesa da sala de jantar estava arrumada.

O almoço foi preparado.

Cristina olhou para a placa e admirou seu lindo trabalho.

A escola de culinária valeu a pena.

Ele mal podia esperar que Paul experimentasse, embora Paul nunca fizesse elogios.

Paul estava estranhamente atrasado para o jantar.

Ele nunca se atrasava.

A porta do andar de cima estava entreaberta e Cristina ouvia o teclado sendo usado furiosamente.

Ela sabia que ele ainda estava ocupado.

Ela caminhou em direção à escada e pensou se deveria ligar para ele ou não.

Ela não queria interromper seu trabalho.

Mas ela sabia que Paul era um homem que precisava de ordem.

Talvez você tenha perdido a noção do tempo?

Então ela a viu.

Perto da escada, a porta estava aberta, entreaberta.

Era uma sala que Paul dissera estar fora dos limites.

Paul queria que eu limpasse todos os quartos, exceto aquele.

A curiosidade de Cristina atingiu o auge.

Eu ainda podia ouvir Paul escrevendo lá em cima.

Ela queria dar uma olhada na sala secreta.

Eu queria saber os segredinhos de Paul , por menores que fossem.

Ela estava interessada nele.

Ela estava interessada no homem a quem vinha servindo há semanas.

Ele deu alguns passos calmos em direção à porta.

Ela enfiou a cabeça para dentro.

O quarto estava escuro.

Ele ligou o interruptor da luz e a sala ficou bem iluminada.

Para surpresa de Cristina, o quarto era o local menos elegante da casa.

Mas tudo parecia antiguidades.

Ele entrou e olhou em volta.

Havia uma variedade de dispositivos de madeira e metal.

Os desenhos pareciam ser da época medieval.

Os dispositivos pareciam grandes o suficiente para uma pessoa sentar ou deitar.

Vários chicotes e correntes estavam pendurados na parede.

Havia muitas cordas em uma mesa próxima.

Cristina usou o dedo para tocar um dispositivo de metal.

Ela lhe mostrou o dedo e olhou para ele.

A ponta do dedo estava coberta por uma fina camada de poeira.

A sala não era usada há muito tempo.

"Você não deveria estar aqui", disse Paul por trás.

Cristina foi pega de surpresa pelo som da voz dele e pulou.

Ela se virou para ver Paul parado perto da porta.

"Oh sinto muito."

"Eu não disse que esta sala está fora de suas funções?" ele perguntou, entrando casualmente.

"Eu sei. Mas estava aberto e eu estava curioso. Pensei que talvez você quisesse que eu o limpasse."

"Não. Eu estava planejando limpá-lo sozinho mais tarde."

Cristina engoliu em seco.

"Sua comida está pronta. Está começando a esfriar."

"Isso pode esperar", respondeu ele, entrando na sala para olhar os dispositivos. "Você deve se perguntar do que se trata tudo isso."

"Parece uma câmara de tortura medieval."

"Você está quase certo. Algumas dessas coisas foram construídas há séculos, durante a época medieval. Mas não necessariamente para tortura."

"Então para quê?"

"Prazer. Prazer sexual", ele respondeu sem rodeios.

Cristina ficou surpresa.

"Não consigo imaginar como. Essas coisas parecem tão dolorosas."

"Esse é o ponto."

"Então eles são dispositivos de escravidão, basicamente?"

Ele assentiu.

"Esses fetiches existem há séculos. Você acredita que esses dispositivos foram construídos para famílias reais e nobres?"

"Eu não ficaria surpreso. A maioria das pessoas ricas é um pouco depravada."

Ele ergueu uma sobrancelha.

"Isso me inclui?"

"Oh, não, eu não quis dizer você", ela recuou rapidamente.

"Eu estava apenas brincando."

Cristina relaxou.

"Claro. Então por que todas essas coisas estão trancadas nesta sala? Por que você não as vende para um museu ou algo assim?"

"Talvez um dia. Mas, por enquanto, estou escrevendo sobre eles em meu livro. Também estava planejando tirar fotos deles. É por isso que a sala estava aberta."

"Seu livro deve ser interessante."

"Espero que sim", respondeu ele. "Tenho escrito sobre sexo. Dominação sexual e escravidão."

Cristina ergueu as sobrancelhas.

"Sério? Você não parece o tipo de homem para esse tipo de coisa."

"Então, com que tipo de cara eu pareço?"

"Eu não sei. Suave. Morango. Sem ofensa."

"Sem ofensa", ele respondeu. "Eu era uma pessoa muito diferente anos atrás. Nem sempre fui tão recluso."

"O que mudou?"

Paul esfregou os dedos num dispositivo de metal.

"É uma longa história. Você pode ler meu livro quando eu terminar de escrevê-lo."

"Bem, estou ansioso por isso. Parece que você tem algumas histórias interessantes para contar."

"Você sabe o que é um Mestre?" perguntado.

"Apenas o básico", ele encolheu os ombros. "Um cara que manda nas mulheres. Chicotes. Correntes. Palmadas. Esse tipo de coisa, certo?"

"Mais ou menos. Fui mestre de muitas mulheres submissas. Mulheres bonitas com desejos obscuros."

"Você bateu neles?" ela perguntou curiosamente.

"As vezes."

"O que há de errado com esses dispositivos?" ela perguntou. "Você já os usou em seus escravos?"

"Ocasionalmente. Mas os métodos não são importantes. Não se trata de palmadas ou dispositivos. É uma questão de rendição. Eles me dão seus corpos. E eu faço o que quero com eles. No final, o prazer é mútuo."

Cristina ficou em silêncio por um momento.

Ele olhou Paul diretamente nos olhos e sabia que cada palavra que dizia era verdade.

Ela sabia que era algo com que Paul tinha experiência.

Ela sabia que era algo que Paul desejava fazer novamente.

"Sua comida está esfriando", disse ele.

"É só com isso que você se importa?"

Ela congelou por um momento.

"Bem, foi para catering que você me contratou, certo?"

"Você é uma garota inteligente", disse ele com um leve sorriso. "Estou começando a gostar de você."

Paul se aproximou e deu um tapinha amigável no ombro de Cristina.

Ele então se virou e saiu da sala enquanto Cristina ficou confusa com o encontro estranho.

Ela o seguiu até a sala de jantar e o observou comer.

CAPÍTULO 7

Mais tarde naquela mesma noite.

Foi o telefonema que Cristina temia que acontecesse nos últimos meses.

"Como?!" Cristina perguntou.

"Finalmente chegou a hora", respondeu sua mãe. "Seu pai e eu não iremos mais apoiá-lo financeiramente. Sentimos que você tem idade suficiente para cuidar de si mesmo."

"Você percebe que morar na cidade é caro, certo?"

"Querida, ninguém está forçando você a morar na cidade. Você sempre pode se mudar para mais perto de casa e encontrar algo mais barato para morar."

"Não, obrigada", Cristina suspirou.

"Não sei por que você está tão surpreso. Tenho avisado você nos últimos meses. Quando eu tinha a sua idade, eu..."

"Os tempos mudaram, mãe. Você viu as notícias? Essa situação econômica é difícil. O custo de vida é uma loucura"

"Mas seu negócio está decolando", respondeu a mãe.

"Apenas."

"Você precisa ter um pouco mais de conhecimento de negócios se quiser ter sucesso. Há tantos clientes em potencial na cidade. Tudo que você precisa fazer é encontrá-los. Você é um ótimo cozinheiro e uma boa pessoa. Tenho fé em você, Cristina."

"Sim, você está certo. Eu estava pensando em entrar em contato com várias empresas para ver se elas precisam de catering para festas."

"Esse é o espírito empreendedor", respondeu sua mãe com orgulho.

"Se ao menos a vida fosse tão fácil."

"Coisas boas acontecem quando você é persistente. Falando nisso, você ainda está trabalhando com Paul?

"Está indo bem", disse Cristina vagamente.

"Bem? É isso? Algum detalhe interessante?"

"Na verdade não. Eu cozinho para ele cinco dias por semana. Ele me paga muito dinheiro pelo serviço que presto. Ele é um cara meio estranho."

"Olha quem está falando", brincou a mãe.

"Engraçado."

"Só estou brincando. Você está certo. Paul parece um pouco distante. Ele é um cara inteligente, no entanto."

"Ele é definitivamente uma pessoa interessante", respondeu Cristina. "E ele me mantém empregado. Então não posso reclamar."

"Nem você deveria. Se você deseja que seu negócio cresça, você deve sempre deixar seus clientes satisfeitos. Isso sempre funcionou para mim."

Cristina parou por um momento.

"Sabe, você acabou de me dar uma ideia."

"Não tenho certeza se gosto do som disso."

"Obrigado, mãe. Você é a melhor."

"Bem, cuide-se, Cristina. Estou sempre te apoiando. Eu te amo."

"Eu também te amo, mãe."

Após o término da ligação, Cristina teve um firme senso de determinação.

Ela estava determinada a ter sucesso sem a ajuda dos pais.

CAPÍTULO 8

No dia seguinte.

Cristina esperou atentamente enquanto Paul almoçava.

Ela limpou a cozinha e cuidou de algumas tarefas domésticas para ele.

Quando Paul terminou de comer, ela voltou para a sala de jantar e pegou o prato dele.

Antes que Paul tivesse chance de sair, ela ficou em frente à mesa da sala de jantar com uma postura respeitosa.

"Estive pensando", disse Cristina com as mãos entrelaçadas. "Esse acordo realmente funcionou bem. Tenho cuidado da maior parte de suas refeições e tarefas domésticas , para que você possa se concentrar no trabalho."

Paul recostou-se, sabendo que uma proposta estava chegando.

"Eu concordo. Isso tem funcionado bem. Melhor do que eu esperava."

"Então, como você se sentiria se eu quisesse expandir minhas funções aqui? Por dinheiro extra, é claro."

"Você já está fazendo mais do que eu preciso. E já estou pagando um salário extremamente generoso."

"Eu aprecio isso", disse Cristina educadamente. "Mas você se beneficiaria mais se eu fizesse mais coisas por você. O toque de uma mulher é sempre útil para um homem solteiro."

Paulo pensou por um momento.

"É um ponto interessante. Continue."

"Tenho certeza de que há muitas outras coisas que eu poderia fazer por você."

"Como que?"

Cristina ficou pensativa por um momento.

"Bem, isso é com você. Talvez eu pudesse limpar aqueles dispositivos na sala trancada. Aquela sala estava empoeirada. Eu poderia fazer algum trabalho extra de limpeza. E talvez eu pudesse dar uma festa para você."

"Por que de repente você está tão interessado em mais dinheiro?" — perguntou Paulo.

"Acho que você poderia aproveitar o toque de uma mulher. Pense em todas as festas que você poderia dar. As pessoas adorariam a comida. Sua vida social seria ótima."

"Diga-me a verdade. Por que você precisa de dinheiro extra?"

Cristina parou por um segundo.

"Meus pais não vão me dar mais dinheiro. E o aluguel nesta cidade é exorbitante. Se houver mais alguma coisa que você precise que eu faça por aqui, ficarei feliz em fazê-lo."

Paul assentiu com simpatia.

"Gosto de você como pessoa, Cristina. Você trabalha duro e se diverte fazendo isso. Mas não vou te dar dinheiro de graça, principalmente quando já estou te pagando bem."

"Eu entendo", respondeu Cristina, tentando conter a tristeza. "Obrigado por me ouvir de qualquer maneira. Voltarei amanhã."

"Ainda não cheguei ao meu ponto final", acrescentou. "Vou tentar pensar em algo. Algo adequado às suas habilidades e atributos. Quando eu encontrar algo, avisarei você e você será recompensado por isso. Parece justo?"

Ela sorriu.

"Parece ótimo".

CAPÍTULO 9

Os dias foram passando.

Paul nunca fez uma oferta.

Cristina nunca perguntou a ele porque não queria incomodar.

Ela preparou o almoço de Paul como fazia normalmente.

Paul desceu para a sala de jantar mais cedo do que de costume.

Ele sentou e esperou enquanto Cristina ainda preparava tudo.

"Parece bom", disse ele quando Cristina trouxe o prato de comida.

Realmente pareceu um momento estranho para ele parabenizá-la.

"Obrigado. É cordeiro assado com legumes assados."

Paul puxou um assento ao lado dele.

"Sente-se. Há algo que quero discutir com você."

Cristina sentou-se e esperou pelo que ele tinha a dizer.

"Pensei no seu pedido de mais trabalho", disse ele. "Principalmente sobre a necessidade de um toque feminino por aqui. De qualquer forma, vou direto ao ponto, poderia usar um pouco do seu como inspiração para a minha escrita."

"Inspiração? Como assim?"

"Talvez você pudesse posar para mim. Tenho lutado contra o bloqueio de escritor ultimamente e algo para olhar pode ajudar."

Cristina deu uma expressão apreensiva.

"Tem certeza de que não quer que eu dê uma festa para você ou algo assim? Provavelmente funcionará melhor."

"Não estou interessado em dar uma festa", respondeu ele, recostando-se na cadeira. "Sinto muito, acabei de perguntar. Foi inapropriado."

Ela pensou por um momento.

"Quanto dinheiro você ofereceria?"

"Tudo depende."

"De?"

"Do trabalho que você fará", disse ele. "Nunca contratei uma modelo antes. Mas sei que isso ajudaria na minha escrita."

"Oh, bem, vou manter isso em mente."

"Não. Foi um erro perguntar. Se você não se importa, eu gostaria de comer agora. Tenho outras coisas para fazer mais tarde."

"O farei!" Cristina retrucou.

"Que?"

"O trabalho de modelo que você me ofereceu. Ninguém vai saber, certo? Fica estritamente entre nós, certo?"

"Isso mesmo", ele concordou. "Não haverá nenhum registro disso. Só preciso de inspiração."

"Estou interessada."

Paul deu um leve suspiro.

"Acho que você não entende. Fui precipitado em minha oferta. Não acho que meu gosto seja para você."

"Porque não?"

"Porque você parecia tão desconfortável na sala de dominação."

Cristina ficou um pouco surpresa.

De repente, ele percebeu que Paul estava procurando inspiração para suas histórias de dominação.

Mas independentemente disso, ele pensou no dinheiro.

"Posso aprender a me sentir confortável com isso", respondeu ela. "Apenas me dê tempo. Contanto que ninguém saiba, ficarei bem."

Paul lançou-lhe um olhar longo e cético.

— Como quiser. Apareça aqui amanhã de manhã, às oito e meia. A partir de então, resolveremos as coisas.

"Obrigado."

Cristina se levantou e estendeu a mão para um aperto de mão.

Paul estendeu a mão e apertou a mão dela.

CAPÍTULO 10

Mais tarde naquela mesma noite.

Cristina estava na cozinha preparando as refeições do dia seguinte.

Ela sabia que não teria tempo para fazer isso no dia seguinte, já que Paul esperava que ela estivesse lá às oito e meia da manhã.

Depois de tudo preparado, Cristina se olhou no espelho.

Ela se perguntou se ela era bonita o suficiente para ser modelo para Paul.

Ele se perguntou que surpresas haveria na sala.

Se seria doce ou não.

E ele se perguntou de quanto dinheiro estávamos falando.

Paul sempre foi generoso com pagamentos financeiros.

Acima de tudo, ele se perguntava quanta dominação Paul queria ver.

O lado racional de Cristina controlava a situação: dinheiro é bom.

E ninguém jamais saberá.

Meu segredinho com Paul.

Ela se despiu e experimentou algumas roupas bonitas na frente do espelho do quarto.

Finalmente ela decidiu por um vestido amarelo simples.

Não foi muito revelador.

E ele também não era muito puritano.

Foi o meio certo.

Ela escovou o cabelo e pensou em quanta maquiagem usar.

Então ela decidiu não fazer isso.

Isso tornaria a situação muito estranha.

Tudo estava pronto.

Ela estava pronta para o trabalho.

CAPÍTULO 11

Na manhã do dia seguinte.

Cristina apareceu na casa de Paul às oito e quinze.

Ela queria ter certeza de que estava preparada com antecedência.

Ela estava usando seu vestido amarelo.

Seu cabelo estava bem penteado e seu rosto estava sem maquiagem.

Ela já era naturalmente bonita.

Depois que Cristina colocou os recipientes de comida dentro da geladeira da cozinha, eles sentaram-se juntos na sala privada, sobre os eletrodomésticos de madeira.

"Que tem em mente?" Cristina perguntou.

"Depende. Quais são os seus limites?"

Cristina encolheu os ombros.

"Não sei. Nunca fiz esse tipo de coisa antes."

"Então acho que é melhor descobrirmos."

Os olhos de Cristina examinaram brevemente a sala novamente.

Era o cômodo mais chato da casa.

As paredes eram lisas.

Mas existiam dispositivos antigos de vários tamanhos e formas.

Todos pareciam tão intimidadores.

“Vou manter a mente aberta”, disse ele. "Mas eu não gosto de dor. E não quero que você me pressione muito rápido. Não há necessidade de pressa. Ok?"

Ele assentiu.

"Obrigado por ser claro. Você deve saber que sou um homem muito paciente. Tenho feito isso há muitos anos com inúmeras mulheres submissas. Nunca insisto mais, á menos que ela esteja pronta."

Essas palavras enviaram uma sensação estranha à espinha de Cristina.

Eu não conseguia parar de pensar na frase “mulheres submissas”.

Em questão de instantes, ela percebeu que poderia muito bem estar na mesma posição daquelas "mulheres submissas".

"Tudo bem", ela assentiu. "Obrigado. Então, como devemos começar?"

Paul levantou-se e caminhou lentamente pela sala, olhando para cada um dos dispositivos enquanto Cristina permanecia sentada em uma posição recatada.

Ele olhou para cada aparelho de uma forma que deixou Cristina nervosa.

"Você já foi amarrado antes?" — perguntou Paulo.

Cristina balançou a cabeça.

"Obviamente não."

"Você gostaria de ser?"

"Não sei."

Ele apontou para a mesa de madeira.

"Por que nao tentar?"

"Eu não sei", ela encolheu os ombros nervosamente.

"Isso é demais para você? Preciso ver algo para me inspirar. Ver você sentado aí não vai me ajudar muito."

Cristina levantou-se lentamente e respirou fundo.

"Eu farei o que você quer."

"Tem certeza? Cristina, não quero que você faça algo com o qual não se sinta confortável. Posso encontrar outras maneiras de pagar você."

Ela respirou fundo novamente.

"Não, tenho certeza. Chegamos a um acordo para ser modelo e pretendo seguir em frente."

"Tem certeza?"

"Sim, totalmente."

"Então deite-se", disse Paul, apontando para a mesa de madeira.

A mesa parecia dolorosamente desconfortável.

Parecia velho e rústico.

Mas era baixo o suficiente para que uma pessoa pudesse deitar-se facilmente sobre ele.

Havia velhas barras de metal em cada lado da mesa, dando a Cristina uma sensação desconfortável.

Deixando seus sentimentos de lado, ele recostou-se na mesa.

Foi doloroso e desconfortável como ela esperava.

Ela estava convencida de que a mesa foi projetada para tortura, não para prazer.

Ele se perguntou como alguém poderia sentir prazer com tal coisa.

Deitou-se no centro da mesa e olhou diretamente para o teto.

"Vou amarrar seus pulsos", disse ele, de pé sobre a cabeça dela.

Ela permaneceu em silêncio por um momento enquanto olhava para a figura de Paul parado acima dela.

"Tudo bem", ela respondeu, erguendo os pulsos. "Avançar."

Paul gentilmente pegou seus pulsos e os levou até a barra de metal sobre a mesa.

O bar estava frio como ela esperava.

A textura da pele não era muito lisa, o que era sinal de que a barra foi feita há muito tempo, antes das máquinas modernas.

Ele sentiu seus pulsos sendo amarrados à barra com uma corda grossa.

Cristina não se preocupou em olhar.

Ela manteve os olhos no teto.

"Machuca?" perguntado.

"Não estou bem."

Seus passos foram ouvidos por toda a sala.

Cristina não se preocupou em olhar para Paul.

Mas ele se perguntou o que Paul deveria estar pensando.

Vê-la com um vestido bonito, com os pulsos amarrados, deve ser emocionante para Paul, pensou ele.

"Diga-me de novo", disse ele. "Qual é o seu limite?"

Ela engoliu em seco.

"Só não me machuque."

"Posso abrir seu vestido?" ele perguntou com uma voz suave.

"Não Isso não."

"Então suponho que você tenha outros limites", respondeu ele com uma leve sensação de diversão.

"Eu acho."

"Posso te tocar?" perguntado. "Está tudo bem se você recusar. Mas já que chegamos até aqui, você certamente parece atraente."

"Se você quiser", ele respondeu timidamente.

"Não se trata do que eu quero. Trata-se do que você se sente confortável."

Ele lutou com seus pensamentos por um momento.

"Estou confortável com isso. Está tudo bem. Vá em frente, se quiser. Quero dizer, estou confortável com isso."

"Tem certeza, Cristina? Não quero pressionar você se não estiver confortável."

"Contanto que você, você sabe ..."

"Contanto que eu compense você financeiramente?" ele perguntou, meio divertido.

Seu tom e frase deixaram Cristina ainda mais desconfortável.

"Sim", ela respondeu.

"Você não precisa se preocupar com isso".

Cristina esperava alguma piada mais sarcástica em resposta, mas Paul já havia terminado de falar.

Ele caminhou em direção a ela enquanto ela continuava deitada na mesa.

Cristina o viu olhando para o corpo dela.

Ela estava claramente nervosa.

Ela não sabia o que ele estava planejando.

Seus olhos festejaram e percorreram seu corpo.

Finalmente foi decidido.

E ele fez o seu movimento.

Paul se abaixou e tocou o joelho de Cristina.

Foi um toque repentino que a pegou de surpresa.

Ela estremeceu.

"Você está bem, Cristina?"

"Estou bem. Só não esperava por isso."

Ele deslizou a mão mais abaixo em sua coxa.

A mão dele deslizou mais fundo até ficar sob a saia amarela.

Isso deixou Cristina desconfortável, mas também a fez sentir um formigamento entre as pernas.

Seus olhos permaneceram focados no teto.

"Você se importa se continuarmos?" perguntado. "Já chegamos até aqui."

"Vá em frente. Eu não me importo."

"Tem certeza?"

"Tenho certeza."

Paul levantou a saia de Cristina e a empurrou para cima.

Sua calcinha estava exposta.

Paul deslizou a mão por baixo da calcinha de Cristina.

Naturalmente, ela estremeceu novamente, mas se conteve.

A mão de Paul esfregou sua virilha.

O corpo e os pés de Cristina ficaram tensos.

"Você tem que relaxar", disse Paul. "Caso contrário, isso não adiantará muito."

"Bem."

Cristina fez tudo o que pôde para relaxar o corpo.

Seus olhos permaneceram no teto.

Ela se sentiu envergonhada demais para olhar para Paul.

Ela simplesmente permitiu que ele acariciasse sua virilha.

Ela engasgou enquanto Paul brincava com seu clitóris.

Foi um movimento que eu não esperava.

Seu instinto natural foi estender a mão e afastar a mão de Paul, depois se cobrir e dar um tapa no rosto de Paul, mas as cordas em volta de seus pulsos estavam apertadas.

Ela deu um leve puxão, mas sem sucesso.

"Você está tentando sair?" — perguntou Paulo. "Se você quiser sair, é só me dizer e eu vou te desamarrar imediatamente."

"Sinto muito. Foi uma reação instintiva."

"Bem, não reaja assim. Essa não é a reação que eu quero."

"Está tudo bem, sinto muito."

Os dedos de Paul moveram-se num movimento circular furioso sobre o clitóris inchado.

Cristina não teve escolha a não ser ofegar.

Ela estava chocada demais para conter seus sentimentos.

Os dedos não pararam.

Foi um prazer agradável.

Ela fechou os olhos e desfrutou do prazer de Paul.

Foi uma sensação de formigamento que percorreu seu corpo.

"Posso dizer que você está perto", disse ele. "Relaxe. Está quase acabando."

Com os olhos ainda fechados, Cristina se permitiu apreciar os dedos de Paul enquanto eles se deliciavam com seu delicado clitóris.

Momentos se passaram antes que os dedos de Cristina enrijecessem.

Pequenos ruídos ofegantes escaparam de seus lábios.

Seus olhos se fecharam com força.

Seus músculos se contraíram.

Foi um orgasmo bem merecido por todas as tensões da sua vida.

Finalmente, o corpo dela relaxou e Paul tirou a mão da calcinha dela.

Ele moveu o vestido de volta para a posição correta.

Ela deu um tapinha na coxa de Cristina, como se ela tivesse feito algo certo.

"Você certamente gostou", disse Paul enquanto começava a desamarrar os pulsos dela.

Cristina sentiu-se libertada.

Ela se endireitou e esfregou os pulsos, que estavam levemente vermelhos e doloridos por causa da corda.

A sensação orgástica ajudou a neutralizar a dor.

"Eu gostei", ela respondeu. "Foi bom. Muito bom. Deus, eu não me sentia assim há muito tempo. Quero dizer, não tão bem quanto você fez."

"Estou feliz que você tenha gostado. Trouxe muitas lembranças, o que vai me ajudar na minha escrita. Você foi uma pequena inspiração maravilhosa para mim."

"Estou sempre feliz em estar ao seu serviço."

"Excelente", ele concordou. "Com certeza adicionarei um bônus ao seu cheque no final do mês. Acho que você ganhou cinco mil dólares extras com isso."

Surpreendentemente, Cristina sentiu uma sensação de vergonha.

Ela sabia que Paul tinha boas intenções.

Ele apreciou os cinco mil extras, que eram muito mais do que esperava.

Mas um sentimento de culpa a invadiu, como se ela tivesse acabado de vender seu corpo e sua sexualidade por dinheiro fácil.

Isso a fez se sentir impura e suja.

"Eu não sou uma prostituta", ela deixou escapar, e imediatamente se arrependeu.

"Eu nunca disse que você era."

"Sinto muito", ela respondeu. "Eu realmente aprecio tudo. Mas nunca usei meu corpo assim, sabe, para ganhar dinheiro."

Paul balançou a cabeça, decepcionado consigo mesmo.

"Não se desculpe. Isso é minha culpa. Eu apressei você. Eu não deveria ter pedido que você fosse modelo para mim."

Cristina levantou-se e arrumou o vestido.

"Eu gostei", disse ele. "Eu realmente queria. Mas foi um pouco estranho para mim. Talvez possamos fazer isso em outra hora? Só um pouco mais devagar."

"Acho que não. Isso claramente não é para você."

Cristina deu um olhar tímido enquanto a sensação de orgasmo ainda fluía por seu corpo.

"Vou fazer o seu almoço agora", disse ele.

"Eu posso fazer isso sozinho. Você pode ir."

Ela assentiu obedientemente.

"Estou feliz por termos feito isso."

"Eu também", ele respondeu. "Mas nunca deveríamos fazer isso de novo. Vejo vocês na segunda-feira."

Cristina assentiu, sabendo que Paul já havia tomado uma decisão firme.

Havia agora um constrangimento sutil entre eles.

Depois de trocar mais algumas palavras, ela saiu se perguntando o que Paul pensava dela.

TERCEIRA PARTE
O NOVO TRABALHO

CAPÍTULO 12

Mais tarde naquela mesma noite.

Cristina sentou-se em frente ao computador e procurou maneiras de atrair novos clientes.

Ele enviou pelo menos uma dúzia de e-mails para diferentes empresas para promover seu negócio de catering.

Eu não esperava muita resposta, mas valia a pena tentar e não tinha nada a perder.

O telefone tocou.

Foi a mãe dele quem ligou para verificar novamente.

Eles tiveram sua conversa habitual e não havia muito a dizer.

"Gerir o meu próprio negócio é difícil", lamentou Cristina.

"Você esperava que fosse fácil?"

"Não sei o que esperava. Não me importo de trabalhar duro. Adoro cozinhar para outras pessoas. Mas, meu Deus, preciso de mais clientes."

"Na minha experiência, negócios são quem você conhece", respondeu sua mãe. "Muitos negócios vêm de conexões pessoais. Então saia e tente conhecer novas pessoas em vez de pesquisar online."

"Faz sentido, eu acho."

"Eu acho? Quando estou errado?"

"Não sei."

"Não pareça tão deprimida, Cristina", disse a mãe. "Muitas pessoas lutam com um novo negócio. Continue tentando."

"Obrigado Mãe."

"Como vão as coisas com Paul? Ele ainda lhe paga bem?"

"É complicado", suspirou Cristina. "Mas sim, ele ainda paga bem."

"Ele parece um cara complicado."

"Você não sabe nem metade."

Houve uma pausa ao telefone.

"Ele tentou alguma coisa com você?" sua mãe perguntou com cautela.

Cristina foi rápida em mentir.

"De jeito nenhum. Claro que não."

"Você pode me dizer a verdade. Estou aqui para ajudá-lo."

"Mãe, ele não é meu tipo. Se ele fizesse algum movimento, eu bateria na cabeça dele com o que quer que ele tenha cozinhado naquele dia."

"Isso soa como o espírito da Cristina que eu conheço," sua mãe riu.

"Hipoteticamente falando, e se eu fizesse isso? Quero dizer, como você se sentiria a respeito?"

"Se Paul fizesse alguma coisa?"

"Sim", respondeu Cristina. "Como você se sentiria?"

Houve outra pausa na linha.

"Acho que depende de você. Se ele te convidou para sair, a decisão é sua."

"De verdade?"

"A decisão é sua, Cristina. Mas se ele tentou tocar sua bunda na cozinha, então eu sugiro que você despeje um pouco do seu famoso molho picante na cabeça dele."

"Claro que sim", Cristina respondeu com uma voz sarcástica.

"Parece que você tem algo em mente."

"Não mais. Obrigada mãe, você é a melhor. Tenho que deixar você."

"Eu te amo adeus."

"Eu também te amo, mãe."

A ligação terminou e Cristina recostou-se na cadeira.

Ela pensou em Paul e no orgasmo que teve naquele dia.

Ele ainda se lembrava vividamente dos sentimentos.

Cada toque, cada emoção.

A sensação de madeira dura contra seu corpo.

A sensação da mão de Paul contra sua boceta.

E, acima de tudo, o orgasmo.

Dominação nunca foi sua praia, mas era bom.

Ele pesquisou online e procurou termos diferentes.

Isso a fez se sentir como uma estudante universitária novamente enquanto pesquisava.

Ele fez diversas pesquisas sobre a escravidão e seus prazeres.

Ela olhou várias imagens.

Isso a excitou novamente e ela deslizou a mão pela calcinha.

CAPÍTULO 13

Na segunda pela manhã.

Cristina se esforçou para ficar bonita quando foi à casa de Paul.

Ela estava usando um vestido azul e seu cabelo estava bem penteado.

Paul não prestou muita atenção à aparência dela quando abriu a porta para deixá-la entrar.

"Podemos falar?" Cristina perguntou. "Sobre negócios, quero dizer."

"Claro."

"Ótimo. Espere."

Cristina colocou a comida na cozinha e foi até a espaçosa sala onde Paul estava sentado.

Ela sentou-se na frente dele.

"Tenho pensado muito durante o fim de semana", disse ele. "Sobre nosso relacionamento."

"Eu também", disse ele, sem deixá-la terminar seus pensamentos. "Acho que deveríamos acabar com isso. Está claro para mim que a nossa relação comercial foi comprometida. Já comecei a procurar um substituto para as minhas necessidades domésticas."

Cristina congelou por um momento enquanto a notícia chegava lentamente.

"O quê? Não. Não era isso que eu queria."

"Acho que é o melhor", respondeu ele. "Você é uma jovem brilhante. Encontrará seu lugar neste mundo."

O olhar atordoado permaneceu em seu rosto. "

Isso não é o que eu esperava ouvir. "Achei que nossa conversa seria muito diferente."

"O que você esperava?"

"Vim aqui para dizer que estava interessado em continuar, você sabe, o que fizemos na sexta-feira passada."

Ele ergueu uma sobrancelha.

"Sério? E por que você quer isso?"

"Eu realmente tenho que dizer isso?"

"Sim."

Ela respirou fundo.

"É claro que gosto de trabalhar aqui. Gosto dos benefícios. Acho você um ótimo chefe, o melhor que eu poderia ter. E o que fizemos na semana passada, na sala, gostei muito. Acho que no começo tive medo. , mas pensei muito e não me importaria se continuássemos."

"Interessante."

"Assim você acha?" ela perguntou.

"Você não é tão tímido quanto eu pensava. Eu nunca teria esperado que você viesse e me contasse essas coisas diretamente. Estou impressionado."

Ela sorriu, "obrigada."

"O que deve acontecer a seguir?"

"Eu não sei", ele encolheu os ombros sem jeito. "Isso depende de você. Mas eu gostaria que nosso relacionamento comercial continuasse."

"Seja corajosa, Cristina. Diga-me o que acontece a seguir. Neste minuto. Quero saber o que você está pensando. Surpreenda-me."

Ela reuniu coragem e lançou a Paul um olhar de determinação.

Seus lábios se apertaram e seu nariz encolheu ligeiramente.

Seus olhos estavam fixos em Paul, que era estóico, esperando que ela fizesse algo ousado.

Cristina se levantou e escovou o vestido com as mãos.

Seus dedos envolveram as alças do vestido dela.

Ela afastou as alças e mexeu o corpo, permitindo que o vestido caísse no chão.

Ela ficou na frente de Paul com sutiã e calcinha brancos, com seu lindo vestido em volta dos tornozelos.

"O que você está fazendo?" ele perguntou sem emoção.

"Estou mostrando minha dedicação ao trabalho."

"Talvez você tenha me entendido mal. Não acho que este seja o caminho certo para você."

"Você não está me dizendo para parar", ela respondeu. "E também não ouço você reclamando."

Os olhos de Paul percorreram seu corpo seminu.

Ela tinha uma constituição mediana, um pouco magra.

Seios pequenos e quadris estreitos.

Ficou claro que ele raramente se exercitava porque seu tônus muscular era fraco.

"Você é muito atraente", observou ele.

Ela tirou o vestido e deu vários passos à frente até ficar bem na frente de Paul.

"O negócio é o seguinte", ele disse corajosamente. "O novo acordo. Serei seu fornecedor exclusivo. Também serei seu modelo sempre que achar necessário. Você pode me fazer gozar se quiser. Se eu estiver me sentindo muito bem, retribuirei o favor por livre."

Ele ergueu uma sobrancelha.

"Você vai retribuir o favor?"

"Vou fazer você gozar. De graça. Não sou uma prostituta. Pense nisso como uma gratificação de um destinatário agradecido."

"Parece uma relação comercial incomum."

"De qualquer forma, já cruzamos a linha", disse ele.

"Terei que considerar isso."

Cristina se abaixou e agarrou o pulso de Paul, movendo a mão dele até a calcinha dela.

Ele tocou a parte externa de sua calcinha e esfregou entre suas pernas.

"Pense rápido", disse ela. "Caso contrário, retirarei a oferta."

Ele deu um sorriso indiferente.

"A ousada nova Cristina. Eu gosto dela."

"Eu também."

Paul pressionou os dedos com mais força contra a calcinha de Cristina.

Ela gemeu com o toque quente.

Ela gemeu ainda mais quando Paul deslizou a mão dentro de sua calcinha, tocando sua boceta nua.

Ela estava animada e não havia dúvida sobre isso.

"Você está molhada", observou ele, olhando para ela.

"Eu sei."

"Tire o sutiã. Deixe-me ver você."

Cristina estendeu a mão para desabotoar o sutiã e jogou-o no sofá.

Seus pequenos seios empinados foram liberados.

Seus mamilos eram rosados e pequenos.

Eles endureceram rapidamente com o ar frio e a óbvia excitação sexual.

Ela resistiu à vontade de cobrir os seios com as mãos porque sempre se sentiu insegura em relação ao peito dele.

Mas ela tentou ser corajosa e empurrou o peito para frente.

"Você gosta?" ela perguntou.

"Eu amo os seios de todas as mulheres. Cada um é único e especial à sua maneira. Os seus não são exceção. Eles são lindos."

"Graças ao meu Senhor."

" Senhor?" ele perguntou retoricamente. "Acho que você sabe do que eu gosto."

"E do que você gosta?" ela perguntou timidamente.

"Propriedade."

"Oh..."

Paul usou as duas mãos para puxar a calcinha de Cristina para o chão, deixando a garota completamente nua, da cabeça aos pés.

Ele se levantou e pegou Cristina pela mão.

"Siga-me", disse ele. "Há algo que eu gostaria de mostrar a você."

Ele conduziu Cristina pelo corredor enquanto segurava a mão dela de uma maneira romântica.

Cristina estava nervosa, mas continuou no seu ritmo.

Ela sabia que eles estavam indo em direção à sala de escravidão.

A ideia a deixou animada e nervosa.

A porta estava entreaberta e Paul a abriu.

Ele acendeu as luzes e eles entraram.

O ar estava frio, o que deixou os mamilos de Cristina ainda mais duros.

Seu olhar mudou e ele se perguntou o que Paul havia planejado.

"Você tem um novo conjunto de responsabilidades", disse Paul. "Espero total obediência. Espero você nua o tempo todo. Entendeu?"

"Sim, entendo."

"Incline-se sobre a mesa", disse ele. "De barriga para baixo. Vou amarrar você. Quero que você goze de novo."

"Sim senhor."

Cristina olhou para a mesa de forma intimidadora.

Era uma mesa diferente da anterior.

Mas parecia igualmente desconfortável e doloroso.

A madeira parecia velha e a estrutura de metal também.

Não adiantava reclamar.

Ela fez o que lhe foi dito e colocou os seios nus e a barriga sobre a mesa de madeira.

Foi mais desconfortável do que eu esperava.

A madeira estava fria e ardia em seus mamilos sensíveis.

Seus olhos olharam para o chão.

Ela ouviu Paul andando pela sala antes de se aproximar dela.

"Vou amarrar você", disse ele. "Relaxe braços e pernas. Este é um processo simples se você estiver calmo."

"Bem."

"Tem certeza que quer isso?"

"Sim", ela respondeu.

"Porque?"

"Porque eu quero gozar de novo."

Cristina não recebeu resposta.

Em vez disso, ela sentiu Paul amarrar cada um de seus tornozelos na armação de metal frio da mesa.

Foi desconfortável e um pouco assustador.

Cada nó estava muito apertado.

A corda era grossa, o que machucou sua pele.

O mesmo processo foi feito em seus pulsos.

Cada boneca foi amarrada à estrutura metálica da mesma maneira.

Quando ele terminou, seus tornozelos e pulsos estavam firmemente amarrados à mesa.

Ela estava de bruços, com a barriga nua e os seios pressionados firmemente contra a superfície de madeira.

Foi uma sensação terrível saber que ela havia dado a Paul poder absoluto sobre seu corpo.

Ela estava clara e completamente indefesa.

Algo atingiu seu traseiro nu.

Parecia duro, mas ao mesmo tempo suave.

Eu não tinha certeza do que era.

Então ela sentiu os dedos de Paul roçarem sua bunda.

"Você se importa se eu te tocar assim?" ele perguntou, sabendo a resposta.

"Não."

"Bom. Gosto da sua pele. Você é muito macio..."

A mão de Paul percorreu sua bunda, sentindo cada curva.

Ele massageou cada uma de suas nádegas com suas mãos fortes.

Então ele sentiu algo duro tocar sua bunda novamente.

Tinha uma superfície curva e lisa.

"O que é isso?" ela perguntou.

"É um vibrador. Você já usou um antes?"

"Não."

"Você gostaria de sentir isso?"

"Estou aberto a isso."

"Boa menina."

Um zumbido soou de repente na sala e causou um arrepio na espinha de Cristina.

Seus olhos permaneceram fixos no chão enquanto ele ouvia o zumbido.

Seu corpo tremeu violentamente no momento em que o zumbido tocou a ponta do clitóris.

Foi doloroso, de um jeito ruim e de um jeito bom.

Ela tentou lutar contra isso, lutando contra as cordas, o que foi inútil.

O zumbido parou.

"Vamos terminar isso?" perguntado.

"Não. Por favor, não. Vou parar de me mover."

"Controle-se Cristina."

O zumbido voltou quando o vibrador foi ativado novamente.

Ele tocou seu clitóris e Cristina fez o possível para ficar quieta.

Ela lutou contra a vontade de lutar enquanto aceitava a sensação de vibração contra sua área mais sensível.

Isso fez seus dedos se curvarem violentamente.

Ele cerrou os dentes enquanto fechava a mandíbula.

Seus punhos cerrados com força.

Ter seu clitóris torturado com um vibrador era a última coisa que ela esperava.

Ele zumbiu e zumbiu.

A ponta do vibrador foi mantida contra seu clitóris até que ela pensou que iria explodir.

Pouco antes de ela gritar de agonia, Paul moveu o vibrador e o empurrou em sua boceta.

Foi uma sensação surreal.

Já fazia muito tempo que ela não era penetrada com nada além dos dedos.

A vibração dentro da sua rata era uma mistura de dor e prazer.

Paul empurrou e puxou habilmente o brinquedo sexual.

Cristina fez de tudo para não gritar.

"Você está se divertindo com isso?" ele perguntou brincando.

Cristina engasgou.

"Eu... eu... uh..."

"Sim ou não?"

"Sim! Deus, sim."

Paul empurrou o dispositivo ainda mais na boceta de Cristina, fazendo-a ofegar ainda mais.

Ele estava quase sem fôlego quando entrou completamente em seu corpo.

Seus braços e pernas puxaram as cordas, mas sem sucesso.

Ela estava presa com o poderoso vibrador dentro de sua vagina molhada.

"Estás perto?" perguntado.

Ela lutou por palavras.

"Sim quase..."

"Goze para mim, querido."

O vibrador foi empurrado e puxado para dentro da buceta de Cristina sem piedade.

Ela tentou relaxar o corpo, o que sempre facilitou o orgasmo.

Ela fez o possível para relaxar os músculos vaginais do alongamento, permitindo que Paul fizesse o que queria.

O seu orgasmo era iminente por causa do vibrador.

E foi um orgasmo diferente de tudo que eu já havia sentido antes.

Ser amarrada e espancada enquanto um objeto vibrante empurrado em sua boceta era uma combinação potente.

Os dedos dos pés de Cristina arquearam ainda mais e seus punhos cerraram-se com mais força.

Cada músculo de seu corpo se contraiu.

Seus suspiros e gemidos tornaram-se mais difíceis.

"Oh meu Deus... Oh meu Deus... Oh meu Deus..."

De repente, o aparelho mudou para uma velocidade mais alta e as vibrações ficaram muito mais fortes.

Cristina gritou com a vibração poderosa enquanto era empurrada e puxada para dentro de sua boceta.

Ela chorou.

Ela então soluçou incontrolavelmente quando chegou ao clímax.

Uma onda de fluidos jorrou de dentro de sua boceta, bagunçando a mesa e deixando uma poça no chão duro.

Mais impulsos vieram do vibrador elétrico até que os fluidos pararam.

Paul removeu o vibrador da buceta de Cristina, que fez um zumbido alto.

Então ele desligou.

Quando a agressão vaginal finalmente acabou, a boceta de Cristina estava uma bagunça pingando.

A sua humidade era como um pequeno rio orgástico.

A sua rata brilhava com os seus fluidos vaginais.

A mesa estava molhada.

E os fluidos caíram no chão como uma torneira pingando.

Cristina estava quase inconsciente enquanto lentamente recuperava a compostura.

Foi de longe o melhor orgasmo que ela já experimentou em sua vida.

Ele ouviu os passos de Paul se aproximando de sua cabeça.

Paul se inclinou e beijou seu cabelo.

Ela se perguntou por que Paul ainda não a tinha desamarrado.

"Nós... terminamos..." ele conseguiu falar.

"Ainda não. Você se lembra da sua promessa?"

"Qual delas?" ela gemeu.

"Você disse que se eu fizesse você gozar, você retribuiria o favor. Então, como foi seu orgasmo?"

"Uma... porra... inacreditável", ele deixou escapar.

Paulo sorriu para ele.

"Boa menina. Agora, você quer retribuir o favor?"

"Sim, senhor. Você vai me desamarrar?"

"Eu gosto de você nesta posição."

Cristina ouviu o som da calça de Paul abrindo.

Ela sabia exatamente o que Paul queria.

Ele ainda estava mesmo ao lado do rosto dela, o que significava que não estava interessado em fodê-la, pelo menos não naquele dia em particular.

Ele olhou para cima enquanto Paul se aproximava de seu rosto.

Ela viu seu pau duro apontando diretamente para seus lábios.

Era óbvio o que ele queria.

Com o coração lascivo, Cristina abriu a boca enquanto Paul dava mais um passo à frente, entrando entre seus lábios.

Não houve processo de sentimento e nem tempo para se ajustar.

Paul simplesmente empurrou os quadris para frente para que Cristina pudesse chupar como um bom submisso deveria fazer.

"Meu Deus. Você tem lábios de anjo", disse ele, impressionado com o que sentiu em seu pau.

Sexo oral nunca foi coisa de Cristina.

Ela nunca foi muito boa nisso e nunca foi sua preferência fazê-lo.

Mas com Paul, ela estava ansiosa para agradá-lo.

Especialmente com a poderosa sensação orgástica ainda fluindo por seu corpo.

Sua falta de habilidade não era um problema, já que seu corpo ainda estava amarrado à mesa.

Paul fez todo o trabalho, empurrando suavemente os quadris para frente e para trás.

Tudo o que ele precisava era de uma boca quente para foder.

Tudo o que Cristina teve que fazer foi manter os lábios apertados em volta do membro duro de Paul e chupar.

"Porra, eu vou gozar", Paul rosnou. "E você vai engolir."

Seu senso de comando era excitante para Cristina, por uma razão que ela não conseguia entender.

Ela sentiu as mãos de Paul esfregando seu cabelo enquanto ela chupava.

Ela sentiu o membro dele ficar ainda mais rígido dentro de sua boca.

Ela fez o possível para usar a língua em seu membro, o que sempre lhe disseram que era bom.

O pau afundou em sua boca, fazendo-a engasgar.

O reflexo de vômito foi terrível.

Mas Paul imaginou o quanto Cristina poderia aguentar, então ele nunca pressionou muito.

Era o sinal de um profissional, ela pensou consigo mesma.

Ela observou Paul se acariciar até o orgasmo, enquanto a ponta de sua ereção ainda estava dentro de sua boca.

Ela manteve os lábios firmemente fechados ao redor dele.

Paul rosnou enquanto a acariciava furiosamente.

Segundos depois, a língua dela estava coberta pelo esperma de Paul.

Jato após jato.

Tinha um sabor diferente.

Ela engoliu em seco para evitar que a boca transbordasse.

Segundos depois, o fluxo de sêmen parou e Cristina engoliu tudo.

"Oh meu Deus", disse Paul, puxando seu pau para fora da boca dela. "Isso foi maravilhoso. Onde você aprendeu a chupar assim?"

Ele se curvou por um momento, antes de se levantar para fechar o zíper das calças.

Então ele se abaixou para desamarrar Cristina.

Ao ser libertada, ela acariciou os próprios pulsos e tornozelos, que apresentavam marcas vermelho-escuras.

Ela rapidamente percebeu que ainda estava completamente nua e que não se importava mais.

Ela gostava de ficar nua na frente de Paul.

"Gostei muito de toda a experiência", observou ele com confiança.

Paul tocou seu pescoço e beijou sua testa, depois mais nas bochechas.

Finalmente, ele deu vários beijos em seus cabelos.

"Eu também. Nossa parceria vai dar muito certo. Pense em todas as possibilidades que podemos compartilhar juntos."

"Eu sei."

"Você é como uma borboleta, crescendo diante dos meus olhos", disse ele.

"É tudo culpa sua", ele sorriu. "Agora, se você me der licença, eu fiz algo muito especial para o almoço. Você vai adorar. Tenho certeza que você abriu o apetite, então é melhor eu ir fazer agora."

Cristina se levantou e caminhou nua em direção à porta.

Havia confiança em sua caminhada.

Ela adorava ficar nua.

Foi divertido.

Fluidos escorriam por suas pernas.

O sabor do esperma ainda estava na sua boca.

Então ela parou ao chegar à porta e se virou para olhar para Paul, orgulhosa de seu corpo nu.

Ela disse para ele não se preocupar com a bagunça na sala, ela iria limpar mais tarde.

Fazia parte de suas novas funções.

TRAÍDA

CAPÍTULO I

Becky ouviu a chave clicar na fechadura.

Desceu as escadas correndo, acendeu a luz do corredor e abriu a porta.

Jack ficou ali na chuva, o capuz puxado sobre a cabeça, a chave parada em sua mão enquanto seus olhos escuros olhavam para ela.

"Oh meu Deus, você veio", disse Becky alegremente.

Ela pulou para frente e passou os braços em volta dos ombros dele , abraçando-o , sentindo a chuva que cobria seu casaco penetrar na parte superior de suas roupas justas.

Ela não se importou.

Seu homem estava aqui e isso era tudo que importava.

Ela soltou Jack de seu abraço efusivo e colocou as mãos encharcadas em seu rosto.

Sua expressão séria não mudou.

“O que há de errado?” ela disse.

"Nós precisamos conversar."

Becky sentiu o estômago embrulhar, mas deu um passo para o lado para deixar Jack entrar e tirar as botas molhadas.

Ele entrou na sala, esfregando os braços nervosamente enquanto esperava que Jack lhe desse a má notícia, fosse ela qual fosse.

Ele então entrou na sala, ainda com uma expressão grave no rosto abatido.

"Dê-nos uma bebida, por favor", disse ele.

Becky foi até o carrinho de bebidas e serviu dois conhaques .

Sua mão tremia quando ele lhe entregou um dos copos e bebeu o dele rapidamente.

Jack se aproximou do sofá com as meias bastante úmidas.

A imagem que ele deu assim foi um pouco cômica.

Ela teria rido se não fosse o momento estar bastante tenso.

Ele sentou-se na beirada do assento, sem se ajustar, sem tirar o casaco enquanto se preparava para dar a má notícia.

Ele tomou um grande gole de conhaque antes de falar.

"Ela sabe tudo sobre nós", disse ele depois de engolir a bebida com um último suspiro.

Becky sentiu os joelhos fraquejarem e o coração disparar.

Ele serviu-se de outro copo de conhaque.

Ele caminhou até o sofá na frente de Jack e sentou-se.

"Como?" Ele disse depois de outro gole do líquido quente.

"Disse-lhe."

Becky franziu a testa.

"Você contou a ele? Por que diabos?"

"Eu não aguentava mais."

Becky se levantou.

"Por favor, me diga que você está brincando, Jack."

Ele balançou a cabeça em negação.

"Por que você diria a sua esposa que a está traindo?"

Jack ergueu os olhos por baixo das sobrancelhas espessas que o faziam parecer um cachorrinho travesso.

"Eu não conseguia imaginá-la indiferente e calma enquanto continuava a esconder nosso segredo sujo."

"Nosso segredo sujo. Isso é tudo para ele?" Becky pensou.

"Bem, o que ela disse?" Becky disse , fingindo que não tinha ouvido o último comentário enquanto andava de um lado para o outro pela sala.

"Ela está disposta a nos dar outra chance. Se isso parar."

Becky parou de andar e olhou para o rosto de Jack.

"Não? Você quer dizer que você e ela estão juntos depois de contar a ela?"

Jack assentiu.

"Você vai me deixar assim? Porque ela diz?"

"Ela é minha esposa."

"E o que eu era?"

"Você sabe o que foi isso. Eu disse que nunca deixaria minha esposa. Isso sempre foi sexo entre você e eu."

'Você sabe o que foi isso. Passado. Já estava acabado em sua mente. Como ele pode fazer isso comigo?'

Embora ele tivesse dito que nunca abandonaria Mary, Becky pensou que poderia convencê-lo de que ela era realmente a mulher de que ele precisava.

E não é assim?

Parecia que não.

Jack terminou sua bebida e levantou-se para sair.

Becky se aproximou dele.

"Isso é tudo, então?" ela disse, olhando para ele. "Você simplesmente joga isso em mim desse jeito e vai embora?"

Jack suspirou enquanto a empurrava e seguia pelo corredor.

"Becky, eu tenho filhos", disse ele, agora exasperado.

Ah, não, ele não sairia dessa tão facilmente.

Antes eram só elogios e provocações e mensagens eróticas, com muitos beijos no final para me deixar encantada.

Isso é o que todo mundo faz, para conseguir o que quer.

Então, quando já estão fartos, ficam na defensiva e tentam se livrar de você.

A verdadeira face de Jack estava agora aparecendo.

Ela não era nada mais que um pedaço de carne para ele, uma foda fácil.

Uma escória.

Uma prostituta.

Foi assim que os homens sempre a trataram. Jack não seria diferente.

" E daí? Muitas pessoas se divorciam hoje em dia. As crianças superam isso. Eles ainda têm ambos os pais", disse ela friamente.

"Eles são meninos, Becky", Jack retrucou. "Eles precisam de uma família. Segurança. Um pai que esteja sempre por perto. Não alguém que apareça algumas vezes por semana."

E eu que? ela pensou um tanto egoísta.

A mulher que não pode ter filhos.

A mulher que será sempre e sempre permanentemente estéril, incapaz de dar uma família a um homem.

O fenômeno.

O raro.

Aquela que só serve para se divertir, para foder.

Quem realmente a amaria?

"Vou até sua casa", ele ameaçou. "Vou contar a ela o que fizemos. Como você me levou para a floresta em seu carro e me fodeu no banco de trás. Onde os filhos dela sentam todos os dias no caminho para a escola. Como você me levou ao mesmo restaurante onde você propôs a ela. "Vamos ver se ela muda de ideia então."

Jack virou-se na porta, seus dedos deixando o capuz que estava prestes a levantar sobre a cabeça.

"Você não vai fazer isso".

"Olhe para mim."

Becky viu, pela primeira vez, uma expressão nos olhos de Jack que ela já tinha visto em muitos homens antes.

Nojo.

O que quer que eles tivessem entre eles, o que quer que ela tivesse sido para ele, havia desaparecido.

Ela sabia que nunca conseguiria isso de volta.

Seu lábio superior se curvou quando ele puxou o capuz sobre a cabeça e se abaixou para pegar as botas.

Becky sentiu o calor desaparecer de sua carne, a sensação fria de ter sido deixada para trás retornando.

Abandono.

Ela já havia sentido isso muitas vezes antes.

"Você não pode simplesmente me deixar, Jack", ela implorou, sentindo o familiar fluxo de lágrimas saindo de seus olhos.

"Acabou", ele retrucou, sua voz cheia de raiva.

"Não faça isso comigo, Jack. Por favor!"

Ele deu um nó no cadarço da bota e ficou em pé, olhando para ela por baixo do capuz.

"Nunca mais chegue perto de mim ou da minha família. Se você fizer isso, chamarei a polícia."

Ele levantou a mão e deixou cair a chave no chão.

A chave que ela lhe dera na esperança de que ele visse aquele lugar como seu verdadeiro lar, aquele onde eventualmente viria morar permanentemente.

Foi a última facada em seu coração.

Ele puxou a porta e deu um passo rápido em direção ao jardim.

Becky estava de pé no tapete, com as bochechas brilhando de lágrimas sob a luz forte da sala de estar, observando sua forma alta caminhar através da chuva.

Longe dela.

De volta para sua família.

Fora de sua vida para sempre.

CAPÍTULO II

Becky olhou para o copo e sentiu a cabeça girar.

O uísque deixou um gosto azedo e amargo em sua língua.

Com os dedos trêmulos sobre o vidro, ela o pegou e jogou na parede da lareira.

Ele colidiu com o espelho, fazendo com que cacos de vidro explodissem e caíssem em cascata no chão e no carpete grosso.

Ela pulou do sofá e marchou em direção ao telefone.

Lágrimas brotaram de seus olhos quando ela pegou o fone, mas disse a si mesma que não iria mais chorar.

Ela mordeu o lábio, discando o número com determinação.

Depois de alguns momentos, uma voz masculina rouca respondeu.

"Olá?"

"Harry, é Becky", disse ela, sufocando sua embriaguez com um bufo.

"Becky? Jesus, por que você está ligando agora? São duas da manhã."

"Sinto muito. É só que... preciso estar com alguém."

"O quê? Agora mesmo?"

"Sim."

Ele ouviu um farfalhar do outro lado da linha, o estalar da garganta seca de Harry enquanto ele se movia ao redor da cama.

"Você está realmente me acordando para fazer sexo no meio da manhã?"

Becky sentiu um nó no estômago com as palavras dele.

E se ela realmente não precisasse de alguém para se satisfazer?

No entanto, Harry não se importou com isso.

Ele era apenas um homem típico com apenas uma coisa em mente.

Ela parou a tentação de explodir.

"Por que não? É um momento tão bom quanto qualquer outro", disse ela, um tanto agitada.

"Tenho que acordar às seis."

"E daí? Você pode dormir amanhã à noite. E pelo menos você irá trabalhar satisfeito em vez de bocejar."

"Estou arrasado agora. A única maneira de não ir para o trabalho bocejando é dormir mais algumas horas e não fazer exercícios."

Becky apertou os lábios em frustração e pegou os cigarros que estavam colocados ao lado do telefone.

Acendeu um e deu uma tragada longa e profunda, depois esfregou a têmpora com o polegar enquanto soprava a fumaça espessa.

"Farei o que você quiser", disse ela, e a nicotina lhe deu forças suficientes para tentar seduzi-lo.

"O quê?" Harry disse.

"Vou enfiar a língua na sua bunda. Vou comer você como um homem come uma mulher."

Houve uma pausa e ele pôde sentir Harry pensando do outro lado da linha.

Poucas mulheres estavam dispostas a comer a bunda de um homem e Harry tinha um ânus particularmente sensível, a língua dela tendo a capacidade de fazer todo o seu corpo flexionar e gritar ao mesmo tempo.

No entanto, parecia que ele estava muito cansado esta noite. Mesmo isso não foi suficiente para tentá-lo.

"Ah, Becky. Você não poderia ter ligado em um horário melhor?"

"Vou colocar minha alça. Vou te dar uma foda longa e forte. É isso que você quer, Harry? A. Longa. Difícil. Foda-se."

Harry parecia nervoso e agitado quando respondeu.

Becky sabia que seu pênis tinha ficado duro sob os lençóis com sua raiva explícita e nojenta.

Mas não importava com o que eu tentasse tentá-lo, ele não parecia querer se mexer.

"Desculpe, Becky. Terei que passar por aqui. Como foi a noite de sexta-feira?"

Becky viu o cinzeiro na mesinha de centro e apagou o cigarro.

"Você é como todos os homens, certo? Você acha que vou vir correndo quando você disser. Bem, quer saber, Harry? Você pode se foder. Essa foi sua última chance e você simplesmente estragou tudo."

"O que... Becky?"

"Tchau, Harry. Durma profundamente, se puder. Droga!"

Ele bateu o telefone no receptor.

Becky ficou sentada na cama por um momento, o coração disparado, o sangue fervendo, um milhão de pensamentos diferentes competindo por precedência dentro de sua cabeça.

Como eles puderam fazer isso com ele?

Uma e outra vez.

E por que ela continuava deixando-os fazer isso?

Caindo na mesma velha armadilha repetidas vezes.

Ela sabia o que os psiquiatras diriam.

Você não se valoriza o suficiente.

Como ela pode esperar receber respeito quando nem sequer respeita a si mesma?

Bem, isso é fácil para eles dizerem.

Elas querem saber como é se sentir uma vagabunda que deixa os homens usarem seu corpo como um trapo sujo.

Uma mãe que ia foder os namorados e deixar a filha sozinha em casa, com frio e fome, sem ninguém para amá-la.

Uma mulher que a convenceu durante anos de que seu pai não a amava.

Que ele os havia abandonado por causa dele.

Quando a verdade é que ele saiu intimidado pela submissão a que foi submetido por ela e apavorado demais para retornar ao seu reinado de terror.

Becky enterrou o rosto nas mãos e deixou as lágrimas inundarem suas palmas.

Você me deixou, papai.

Como você pôde me deixar com aquela vadia psicopata?

Ela se sentou e se forçou a conter as lágrimas.

A tristeza se transformou em raiva como o apertar de um botão.

Seu pai era um maldito covarde.

Como todos os homens.

Caminhavam controlados pelas bolas que balançavam entre suas pernas, mas não tinham coragem de usá-las.

Só uma mulher poderia fazer isso.

A dor era demais.

Becky precisava de sexo.

Era a única coisa que a acalmaria.

O sexo acalmaria a dor que ele sentia por dentro.

Dor por não ser amada e rejeitada, o que a fazia se sentir uma prostituta suja e descartável.

Por alguns breves momentos, um beijo apaixonado, um impulso lascivo que a levaria ao orgasmo, e ela se sentiria curada.

Tudo bem novamente.

Amado.

O único problema é que isso se tornou um vício.

E quando tudo acabasse, depois que os homens saíssem e voltassem para suas esposas ou para a próxima mulher disposta a abrir as pernas, aquele lugar escuro retornaria.

Até a próxima solução.

Becky não aguentava mais.

Foi o suficiente.

Desta vez alguém iria pagar.

CAPÍTULO III

A vingança é doce.

Ou é o que dizem.

Becky refletiu sobre isso enquanto escovava os longos cabelos negros no espelho da penteadeira.

Ela estava nua, exceto por uma calcinha preta adornada com um pequeno laço vermelho.

Seus seios de quarenta e três anos eram tão firmes quanto os de uma mulher dez anos mais nova.

Foi um dos aspectos positivos de não poder ter filhos.

Ela manteve sua figura e encantos esplêndidos por mais tempo.

À medida que as cerdas da escova deslizavam por seu cabelo, ela experimentou uma calma que não sentia há anos.

Algo estava finalmente gerando dentro dela.

Ele não será mais uma vítima.

Ela estava lutando.

Ela seria uma guerreira.

S escolheu um batom vermelho escuro em sua maquiagem e aplicou-o cuidadosamente nos lábios, adicionando um pouco de volume ao dar um milímetro extra na borda.

A cor complementava seu cabelo escuro e pele morena, dando-lhe uma aparência levemente mediterrânea que não poderia estar mais longe de sua herança britânica.

Ela tinha que admitir que parecia bom.

Ela podia ter um pouco de voz rouca por causa de todo o fumo e de uma infância de merda, sem falar na bebida, mas ela sabia como aparecer para o sexo.

Ela aprendeu essa habilidade com a mãe e, quando percebeu como as meninas do norte eram duronas, também aprendeu a usá-la em seu benefício.

Garotas sexy tinham poder.

Eles poderiam controlar os homens com seus corpos, seu cheiro e um olhar provocador.

Quando Becky pensou sobre isso, percebeu que foi isso que lhe permitiu sobreviver por tantos anos.

Ele se levantou e caminhou até o espelho de corpo inteiro.

Inclinando a cabeça para o lado, ele segurou seus seios.

Ela fez beicinho com os lábios recém-pintados.

Sim, ela parecia boa o suficiente para comer algo apetitoso.

E comer você também, pensou ele com uma risada sensual.

Na cama havia um vestido vermelho.

Curto.

Muito provocativo.

Decote baixo para mostrar os seios.

Ela deslizou os pés descalços nele e puxou-o ao longo do corpo.

Olhando no espelho, ela se virou e o abotoou.

Ela admirou o tecido sedoso, enrugado nos quadris, que acentuava seu típico formato de ampulheta.

Ao lado da porta havia uma fileira de sapatos de salto alto.

Becky se aproximou e calçou um par vermelho.

A cor desta noite era escarlate.

Vermelho para sangue e assassinato.

CAPÍTULO IV

O taxista parou em frente ao clube.

Becky notou que havia dois seguranças perto das portas.

Ela pagou ao motorista do táxi e saiu para o poste, o ar suave tocando seus ombros nus enquanto a música do clube batia sob seus pés.

Ela fechou a porta do táxi e caminhou em direção à entrada, colocando a alça de sua pequena bolsa vermelha no ombro.

O Meeting Place era um clube de cavalheiros moderno que surgiu na cidade há alguns anos.

Homens de todas as idades iam até lá em seus ternos mais modernos, encharcados em frascos de loção pós-barba, tentando atrair as garotas do norte que se aglomeravam em seu cheiro como cadelas no cio.

Becky não foi exceção.

Mas esta noite ela estava pensando em um homem em particular.

O lugar era um centro de atividades, movimentado para uma noite no meio da semana.

Um cantor estava se apresentando no palco de um lado da sala e o bar do outro estava cheio de caras mais velhos debruçados sobre copos de cerveja.

Homens e mulheres sentaram-se numa grande área repleta de mesas no centro da sala, conversando e olhando para o palco.

Becky foi até o bar e chamou um jovem e bonito bartender com corte de cabelo de viúva.

"Ricky está aqui esta noite?" ela perguntou.

O garçom assentiu. "Voltar."

Becky sorriu para ele e se afastou do balcão, percebendo que os olhos dos homens mais velhos haviam passado das bebidas para ela.

Ele se certificou de que eles tivessem uma boa visão de seu traseiro enquanto desaparecia por um corredor que levava aos escritórios nos fundos.

Ricky Morris era dono de cinco casas noturnas na região do Maine.

Ele ganhou dinheiro com alguns negócios duvidosos na década de 1990 e abriu a rede de clubes de cavalheiros que fez sucesso instantâneo entre os garotos brincalhões do Norte.

Ele também era conhecido por trabalhar com strippers e prostitutas, proporcionando-lhes clientes e reduzindo seus lucros.

Becky o conheceu há dois anos no lançamento do *Lugar de Encuentro* .

De todas as mulheres atraentes e garotas bonitas que estavam lá naquela noite, foi ela quem ele abordou.

Talvez ele tenha reconhecido nela algo de si mesmo, um traço masculino que apelava à sua natureza ambiciosa e empreendedora.

Uma mulher que não se curvaria ou bajularia seu dinheiro e sua boa aparência.

Uma mulher que jogaria duro para conseguir o que queria.

Becky bateu na porta, mas não esperou resposta.

Ao entrar na sala, ele viu um lampejo de carne e sentiu o aroma inconfundível de sexo.

Uma mulher de vinte e poucos anos estava deitada sobre a mesa, os seios nus expostos através de um vestido que ainda estava enrolado na cintura.

Ricky estava transando com ela em pé, calças pretas em volta dos tornozelos, suor brilhando na cabeça raspada.

Ele virou a cabeça com a interrupção.

"Porra." Ele se afastou da mulher e Becky viu seu pau grande, inchado de excitação, escorregadio com o suco da mulher.

Ao ver quem havia entrado na sala, suspirou, abaixou-se e puxou as calças.

A mulher sentada à mesa cobriu os seios, tentando esconder o constrangimento com uma risada sensual.

Putinha, pensou Becky, entrando descaradamente no escritório.

Ricky estava prendendo o cinto de couro na cintura quando balançou a cabeça para a garota ir embora.

Ainda cobrindo os seios, ela deslizou recatadamente para fora da mesa, pegou os sapatos de salto alto e saiu da sala na ponta dos pés.

Ricky contornou sua mesa, olhando para Becky com o canto do olho, o rosto vermelho.

Ele tirou um lenço do bolso da camisa, enxugou a testa e enfiou a mão em uma gaveta para pegar uma cigarreira de prata.

"A que devo esse prazer?", disse ele, abrindo a caixa e tirando um cigarro colorido.

Ele ofereceu um para Becky.

Ela manteve os olhos nele enquanto caminhava até a mesa e pegava um dos cigarros.

Era escarlate.

" Checando de novo a qualidade da mercadoria?", disse ele, colocando o cigarro vermelho entre os lábios.

Ricky estreitou os olhos azuis penetrantes enquanto acendia o cigarro e depois ergueu o isqueiro para acender o de Becky.

"Qual é o seu objetivo em me interromper, entrando aqui sem avisar?"

Becky tragou um pouco do cigarro aceso.

Ela expeliu a fumaça que seguia em direção ao teto em um fio fino.

"Vejo que você tem estado ocupado ultimamente."

Ela olhou para a mesa com um sorriso.

As impressões de suor onde antes estavam as nádegas da mulher ainda estavam presentes na superfície do vidro.

Ricky sentou-se pesadamente.

Becky quase podia ouvir seu coração disparar, o sangue ainda bombeando por seu corpo devido à sessão de sexo interrompida.

Ele a estudou com curiosidade.

"Já terminou?"

Becky balançou a cabeça.

"E daí? Percebo algo diferente em você."

Becky puxou o cabelo para trás e olhou para o grande aquário brilhando atrás da cabeça de Ricky.

Peixe grande num lago muito pequeno, pensou ironicamente.

Ele poderia ter dinheiro e poder sobre as mulheres, mas sentado ali em sua cadeira, sem ter ideia do que estava para acontecer, ele era tão fraco e patético quanto qualquer outro homem.

"Suponho que deve ser o clima do mês", disse ele secamente.

Ele tirou a sacola do ombro e colocou-a cuidadosamente sobre a superfície de vidro da mesa.

Ricky observou seus movimentos com interesse.

Ela contornou a mesa e apoiou as nádegas na borda dura.

Ricky girou a cadeira, recostou-se e estudou-a.

"Você está de bom humor", ele disse cuidadosamente.

"Quando não estou?" ela respondeu.

Ricky sorriu.

Ele adorava isso nela.

Aquele apetite ousado e voluntário por sexo.

Especialmente vindo de uma mulher.

Ele o deixou duro em segundos. Becky esperou para ver seu pênis acordar novamente enquanto movia seu corpo para mostrar seus seios.

"Você é uma prostituta", disse Ricky. "Nada te impede, certo? Nem mesmo segundos desleixados em uma putinha."

"Ela era apenas o aperitivo. Eu sou o prato principal. O verdadeiro sexo."

Becky levantou o vestido até a coxa e deslizou os dedos entre as pernas.

Ela havia tirado a calcinha antes de sair de casa, então ele teve fácil acesso aos lábios nus entre suas pernas.

Ele olhou para Ricky e deu outra tragada no cigarro.

A protuberância que continuava a crescer em suas calças lhe dizia que ele planejava estar dentro dela em segundos.

Sua boceta umedeceu com o pensamento, intensificada pelo conhecimento de que desta vez a satisfação seria mais doce que qualquer outra.

Ela colocou as mãos na superfície do vidro, deixando marcas pegajosas de sua boceta almiscarada, e manobrou até ficar posicionada diretamente na frente de Ricky.

Ela colocou os dois calcanhares nos braços da cadeira, abrindo as pernas para lhe dar uma visão completa do que havia entre suas pernas.

A excitação brilhou nos olhos de Ricky quando ele olhou para baixo e viu o doce escondido sob o vestidinho vermelho.

"O que devo fazer com isso?" Ele disse sarcasticamente, levantando a sobrancelha.

Com os cotovelos apoiados na mesa, Becky ainda conseguiu fumar enquanto respondia com um sorriso sensual.

Sem palavras.

Ricky apagou seu próprio cigarro, esmagando-o descaradamente no vidro.

Ele respirou pelas narinas, talvez para sentir o sabor perfumado do que estava por vir, encharcando os longos dedos na frente dos lindos lábios.

"Eu vou te comer até que sua boceta pingue na minha boca."

Becky sentiu sua vulva formigar enquanto contraía os músculos.

Ela sempre amou um garoto que gostava de comer buceta.

Ricky ficou feliz em saturar o rosto com o suco dela, fazendo coisas com a língua que o mandariam para outro lugar.

Seria a maneira mais humana de partir, pensou ele.

Um medo eufórico.

Suas grandes mãos tocaram os joelhos dela e ele abriu ainda mais as pernas.

Becky olhou para ele com uma fascinação sombria, avaliando a excitação em seus olhos de aço.

Ele lambeu os lábios de brincadeira.

Becky sorriu com conhecimento de causa.

Então, antes que ela pudesse fazer qualquer outra coisa, a cabeça dele estava entre as pernas dela e a língua quente e úmida começou a penetrar nela.

A cabeça de Becky caiu para trás enquanto ela ofegava de prazer.

"Ah, porra."

Ricky moveu a cabeça vorazmente, lambendo sua carne pegajosa.

Coma, prove, respire seu cheiro almiscarado.

"Delicioso", Becky o ouviu dizer com seu profundo sotaque de Vermont.

De jeito nenhum ele iria provar algo tão delicioso quanto sua doce vingança, ele pensou.

Ricky abriu o zíper das calças e puxou seu pênis, masturbando-a com golpes rápidos e fortes de seu pulso.

Becky se perguntou brevemente se ele preferia a boceta dela àquela que ele estava fodendo minutos antes.

Então ela decidiu que não se importava mais.

Todos os homens eram iguais.

Idiotas que abusam de putas e chupam bucetas. Mesmo que eles tivessem a capacidade de enviar você para lugares que você nem sabia que existiam.

A língua de Ricky era divina!

Becky olhou para baixo e viu o couro cabeludo redondo e brilhante subindo e descendo.

Este foi o seu momento.

Respirando fundo, ela parou por um momento, depois juntou as coxas em um movimento rápido, prendendo o pescoço de Ricky entre as pernas.

Ele engasgou e tentou se afastar, mas sem sucesso.

Becky enfiou a mão na bolsa vermelha e tirou uma faca.

Ela agarrou o cabo com as duas mãos e ergueu-o acima da cabeça de Ricky.

Ele continuou a balbuciar, agarrando suas coxas para abri-las.

Mas ela não conseguiu.

Ela não podia deixar a faca cair em sua cabeça.

Agora que o momento chegou, não parecia mais uma fantasia.

Parecia um pesadelo.

Ela não era uma assassina.

Ela não poderia se tornar algo que ela não era.

Eles a mataram por dentro e ela os desprezava por isso, mas matar a sangue frio a transformou em outra coisa.

Isso a tornou menos do que eles.

Becky liberou a pressão das coxas na cabeça de Ricky.

Ele emergiu da armadilha, ofegante e esfregando o pescoço.

"Vadia maluca", ele gritou. "O que está jogando?"

Becky já havia escondido a arma na bolsa antes de Ricky cuspir sua raiva.

"Achei que você gostaria de tentar algo um pouco rude", ele engasgou, tentando ao máximo esconder o medo em sua voz.

Ricky abriu as pernas e se levantou.

"Eu não conseguia respirar!"

Becky mexeu no vestido e saiu da mesa de vidro.

Ao se levantar, percebeu a expressão de dúvida nos olhos de Ricky.

"Ah, vamos lá", disse ela. "Foi divertido."

Ele conseguiu manter um sorriso enquanto seu coração batia freneticamente dentro do peito.

Ricky não disse nada, procurando nos olhos algum tipo de engano.

Ele seria o único que teria sangue nas mãos se soubesse que ela havia planejado matá-lo.

Becky caminhou em direção a ele e se aproximou de seu rosto.

Ela beijou sua bochecha corada, deixando seu lábio escarlate impresso em sua pele.

"Já chega por hoje. Vou embora melhor", disse ela.

Ela pegou a bolsa da mesa e caminhou em direção à porta.

Ela podia sentir os olhos de Ricky sobre ela.

Penetrante.

Acusatório.

"Espere", disse ele.

Becky parou.

Seu coração congelou.

Ele lentamente se virou.

O contorno escuro de Ricky era contornado pelo brilho intenso da água do aquário enquanto ele esperava que ela falasse.

"Você vai querer seu dinheiro", disse ele.

Becky franziu a testa.

"Que dinheiro?"

"Eu sempre pago minhas garotas favoritas."

Becky estudou seus olhos.

O que ele estava fazendo?

"Você nunca fez isso antes."

"Já era hora de eu fazer isso."

Ele pegou um talão de cheques da mesa.

Ele tirou uma caneta do bolso da camisa e rabiscou algo nela.

Quando ela o trouxe para Becky, ela sentiu uma picada no pescoço.

Ricky deu-lhe o cheque.

Becky pegou e olhou a quantia.

Quarenta mil dólares.

Ela empalideceu e olhou para Ricky sem acreditar.

"Pelos serviços devidos", disse ele.

Becky olhou de volta para a figura forte.

Quarenta mil dólares.

Ele pagaria sua hipoteca.

Ela poderia comprar um carro novo.

Fique à tona.

Compre roupas novas.

Sapatos de grife.

Ricky não estava sorrindo enquanto a observava estudar o cheque.

O olhar que ele deu a ela foi de preocupação.

Becky olhou nervosamente para seus olhos azuis de aço.

Ele sabia que ela havia tentado matá-lo.

Ele estava pagando por isso.

Pegue o dinheiro, me deixe em paz, não venha.

Ela não queria decepcioná-lo.

Ele conseguiu sorrir e depois se virou para sair da sala, com a mão trêmula ainda segurando sua nova fortuna.

MELHOR UM TRIO

Nós três nos aconchegamos no sofá assistindo a um filme cafona da HBO.

Eu estava no meio, encostado em meu namorado, Peter, e em seu melhor amigo, Ricky, que estava encostado no outro lado do sofá.

Peter virou a cabeça para nós e comentou que não se importaria de fazer aquilo que havíamos conversado antes.

Olhei para a televisão e vi uma mulher fazer o que queria com dois homens.

Ricky se mexeu um pouco no sofá.

"Sim, parece que pode ser divertido." Eu disse apenas olhando para a tela e ri.

A próxima coisa que percebi foi que Peter começou a passar as mãos pelas minhas laterais e alcançou a barra da minha camisa, puxando-a.

Ricky chegou um pouco mais perto e começou a esfregar minha perna enquanto olhava nos meus olhos.

Eu senti como se todo o meu corpo estivesse pulando sem se mover.

Peter me sentou e tirou minha camisa, meus seios descansando em meu sutiã de renda preta, mamilos duros e empurrando contra o tecido.

Então ele pressionou seu corpo contra o meu, passando os braços em volta das minhas costas e com um movimento do pulso meus seios foram liberados.

Peter começou a chupar meus seios enquanto Ricky deslizou as mãos até o botão do meu short.

Eu me senti ficando molhado enquanto Ricky desabotoava meu short, puxando-o para baixo dos meus quadris e pernas.

Para sua surpresa, ela não estava usando calcinha.

Ricky lambeu os lábios e aproximou o rosto da minha boceta molhada.

Engoli em seco ao sentir sua língua penetrar meus lábios e acariciar meu clitóris, fazendo Peter chupar meus mamilos com mais força.

Deslizei suas mãos até suas calças e comecei a trabalhar para tirá-las.

Abri ainda mais as pernas para facilitar o acesso de Ricky.

Meu coração começou a disparar quando o que estava acontecendo começou a se estabelecer na minha cabeça.

Enquanto Ricky lambia avidamente minha boceta encharcada, ele tirou as calças e relutantemente recuou para puxar a camisa pela cabeça.

Ricky então começou a puxar meus quadris, puxando minha bunda para a beira do sofá, ele se levantou e eu vi seu pau duro e latejante pouco antes de ele pressioná-lo contra meus lábios, esfregando toda a extensão do meu clitóris inchado.

Quando Peter se levantou, tirou a camisa e jogou-a de lado.

Então ele subiu no sofá, seu pau a centímetros do meu rosto, colocando uma de suas pernas sobre as minhas.

Gemi enquanto Ricky empurrava seu pau na minha boceta, enchendo-me completamente.

Eu instintivamente apertei meu membro em torno dele.

Eu coloquei minha língua para fora e acariciei a ponta do grande pau de Peter, inclinando minha cabeça para frente e envolvendo meus lábios em torno da cabeça inchada.

Peter encostou uma mão na parede e deslizou os dedos da outra em meu cabelo, guiando suavemente minha cabeça enquanto eu chupava seu pau.

Ricky passou as mãos para cima e para baixo em meus lados e agarrou meus quadris, me segurando enquanto me fodia.

Meus gemidos se perderam nos dele.

Comecei a balançar meus quadris contra Ricky, afundando seu pau latejante mais fundo em minha boceta molhada e apertada.

Comecei a traçar o interior da coxa de Peter, levei minha mão até suas bolas cheias de esperma e comecei a massageá-las suavemente, deixando-as rolar em minha mão pequena.

Gemi novamente, minha boca completamente preenchida com o pau de Peter.

Pude sentir a cabeça da sua pila tocar a parte de trás da minha garganta, saboreando o pré-cúmulo na minha língua.

Peter se recostou, seu pau ainda latejando por causa da minha forte sucção, e desceu do sofá, pegando minha mão na sua.

Sentei-me e Ricky puxou seu pau para fora da minha boceta excitada.

Peter me levou para o quarto, sentou-se na cama, agarrou meus quadris finos e me virou.

Ricky ficou na minha frente, acariciando seu pau duro enquanto Peter espalhava minha bunda.

Ricky então agarrou meus quadris e me ajudou a equilibrar enquanto ajudava a posicionar o pau de Peter na frente do meu buraquinho apertado.

Meus joelhos pressionaram meus seios enquanto sentia o pau molhado de Peter pressionar contra minha bunda apertada.

Eu gemi enquanto seu pau penetrava lentamente na minha bunda.

Ricky empurrou minha parte superior do corpo para trás e deslizou seu pau de volta na minha boceta.

Inclinando-me para trás, com os braços me apoiando, minha bunda e buceta cheias de pau, gemi alto e mordi meu lábio inferior.

A dor e o prazer provenientes da dupla penetração eram quase demasiado para aguentar.

Peter deslizou seu pau de 20 centímetros profundamente em minha bunda, enchendo-o completamente e então começou a mover seus quadris.

Suas mãos em volta do meu peito massageando meus seios.

Ricky bombeou furiosamente em minha boceta quente e molhada.

Sua respiração ficou difícil e suas mãos em meus quadris me mantiveram no lugar.

Apertei firmemente os dois pênis, sentindo meu próprio clímax começar a crescer.

O pau de Peter inchou dentro da minha bunda enquanto eu apertava e ele começou a me foder mais rápido, gemendo enquanto fazia isso.

Ricky fechou os olhos e começou a sentir aquele calor familiar em seu pau enquanto o bombeava continuamente em minha boceta.

Eu gemia a cada respiração, querendo senti-los explodir dentro de mim.

Apertei com mais força.

O corpo de Peter começou a tremer debaixo de mim enquanto seu pau explodia enchendo minha bunda com seu esperma grosso.

Seus gemidos se misturaram com os de Ricky e os meus.

Ele passou os braços em volta do meu peito com força quando seu clímax atingiu o pico, bombeando seu pau em jatos para dentro e para fora da minha bunda apertada.

Quando Peter gozou na minha bunda, senti meu próprio clímax começar a deixar meu corpo tenso e minha boceta se contrair em torno do pau cheio de esperma de Ricky.

Comecei a mover as minhas ancas ao ritmo dos movimentos do Ricky, querendo ejacular à volta da sua pila.

Joguei minha cabeça para trás e gemi tão alto que quase gritei quando cheguei ao clímax , com um pau em cada buraco.

Ricky não aguentou mais, ele se soltou e encheu minha boceta com jatos de seu esperma.

Nós dois tremendo, nossos golpes ficaram mais lentos e nossos gemidos suavizaram, nossos clímax diminuindo.

Ricky se inclinou para frente, me beijou suavemente e sorriu enquanto puxava seu pau para fora da minha boceta e me ajudava a sair da cama.

Peter levantou-se rapidamente, ficou atrás de mim, passou os braços em volta da minha cintura e beijou minha bochecha.

Ele disse entre risadas:

"Sim, foi divertido, na verdade... "

FIM

83